Ugolino e a perdiz

Ilustrações de Sergio Fingermann

Ugolino e a perdiz

DAVI ARRIGUCCI JR.

Cosac & Naify

A
Delso Alencar Laranjeiras e
José de Souza Pinto Jr.,
que gostaram de ouvir esta história.

A
Augusto Massi,
para quem prometi escrevê-la.

À memória de
Fernando Luiz Machado de Almeida,
que fisgou o peixe-lua e gostava de voar.

E' si distende in circular figura,
in tanto che la sua circunferenza
sarebbe al sol troppo larga cintura.

Paradiso, XXX. 103-106

NAQUELA MANHÃ, o velho Ugolino Michelangeli, espiando através dos vitrais que ele mesmo fizera, viu a luz nascendo sobre as serras azuis, nítidas ao longe, e pensou que seria um bom dia para caçar. Esfregou as mãos de animação e foi acabar de se vestir.

Um joão-de-barro cantou no abacateiro do vizinho, radiante com o clarão do dia.

Para Ugolino, uma caçada podia valer um bom prato de macarrão; e uma macarronada, uma festa, com direito a Chianti e muito mais, sendo o muito mais as histórias que trazia do campo para contar em meio à alegria vermelha da mesa, lambuzada de molho de tomate. Ele era também cozinheiro nesses dias de gala, quando substituía a mulher, Assunta, e gostava de misturar as coisas para ver no que dava. A caçada se prolongava através dos fios de *spaghetti* em casos do caçador; a comida cedia lugar à procura de outra caça mais rara que ele não sabia bem o que fosse, mas lhe alimentava a alma só de contar. Ugolino sabia muitas histórias e outras concebia só de imaginar.

Eu o conheci por esse tempo, após a famosa caçada, e o que conto, sem tirar nem pôr, são as suas exatas palavras. Infelizmente ele já não vive e não pode confirmar a veracidade desta história que tanto revelava de sua fina arte, quando, refazendo o fogo ancestral, ele mesmo a contava. Creio que ela resumia o impulso de viver que o animava, o que é sempre inexplicável, mas dá vontade de entender. Talvez por isso, eu a relate agora.

A princípio, ele tinha sido ferreiro; passou mais tarde a aprendiz de serralheiro, e com muito custo, labuta e algum estudo, chegou a mestre construtor de engenhosos bordados de ferro: esquadrias, caixilhos, vitrais, portas e janelas, tudo feito com precisão e uns poucos adornos inimitáveis, mas depois de velho e aposentado, dera só para caçar, cozinhar e contar casos.

Diziam que herdara do avô paterno, italiano da gema, o gosto da cozinha, da caça e de decorar versos de Dante. Mas Ugolino, além do mais era meio biruta e tinha a mania de se concentrar no mais puro pensamento. Estava ficando hermético e sofismático, como achavam, em algumas rodas da cidade, os que gostavam de falar difícil. Eram as mesmas pessoas que, admiradas diante das primeiras máquinas automáticas dos bancos, exclamavam: "— O que não faz a natureza!". Porém, Ugolino, versado em brincar com as palavras, admitindo ser isso e aquilo, mas sobretudo paradóxico e, pela proximidade de Minas, por demais sistemático, acabaria dizendo que às vezes um sujeito atira no que viu e acerta no que não viu. E para ele, rastrear o significado de uma palavra não deixava de ser também uma forma de caçar. O fato é que esquadrinhava tudo, verrumava até outras coisas sem explicação, entrelaçadas nas histórias que narrava, maquinando caraminholas, abrindo janelas para a idéia fixa em oficina própria. De novo artesão, mas de construções imaginárias, que se perdiam no ar.

Para o comum dos mortais, por sua prosa de numerosas dobras, não passava de um mentiroso, inventor de leréias, e até para político daria. Alguns divergiam, reconhecendo, quando muito, que fosse desses de dar nó em pingo d'água e soubesse dourar com lábia contos, quitutes ou pílulas. Para outros, senhores da terra, não passava de um italianinho dado a facécias, noveleiro toscano, mais para bocagem do que para Boccaccio. Podia ser ainda um pândego, aproveitando-se, mediante disfarce narrativo, para escarnecer da boa-fé alheia. Amigos próximos, porém, não o julgavam apenas aquela flor de finezas que nas artes do ofício e da caçada ele sutilmente demonstrava ser. Apascentados sob a calma das palmeiras que deram o nome ao largo onde morava, acreditavam, entretidos no vaivém das cartas do jogo de truco, que, com tanto tempo à toa e já não muito bom da bola, ele estava era virando louco ou filósofo, como se em casa de ferreiro o espeto fosse mesmo de pau, e, no final das contas, de filósofo ou louco, diferente de todo mundo, ele tivesse mais do que um pouco.

Mas isso já eram outras histórias, e Ugolino pairava num ar mais elevado, caçando razões no vento, suspenso nas fantasias, ou, mais perto do chão, prestando-se a personagem e ator das anedotas que inventava.

Contava, por exemplo, dando fé da mais pura verdade e imitando, nos pormenores, o modo de ser, os sestros e trejeitos de cada figurante, a história de um vendedor de bilhetes de loteria, homenzarrão de orelhões em ponta, narigudo e rubicundo, que metia medo pelas feições endemoniadas, sendo no entanto alma boa demais e amado de todos que o conheciam. Era nos seus tempos de ferreiro na Pratinha e soube de ouvir dizer que um belo dia, sem mais essa nem aquela, ao vender um bilhete ao dono de uma venda, depois de dois dedos de pinga e ainda mais vermelho que de costume, o gigante caíra duro no chão e fora dado como morto, para consternação geral. O caixão aumentado para dar cabida a tanto defunto, pesado demais, era carregado por uns dez homens com um povaréu atrás, guardando-se reservado silêncio e espanto por aquele súbito passamento. Logo depois que o enterro, em direção à igreja do Rosário, cruzou o pare-olhe-escute da linha do trem, perto do matadouro, não é que escapa uma vacaria avariada do curral de abate e envereda rua afora no rumo do cortejo; foi a mais confusa gritaria e o completo esparramote, com gente caindo por cima de gente, em esbaforida correria. O caixão tombou com estrondo no chão, como só peso morto cai, mas, para o maior pavor de todos, ressurgiu de dentro dele o homenzarrão vermelho em seu terno preto de defunto. O primeiro que fez, depois de passar a mão na cara como se em meio à desatinada barafunda estivesse acordando, foi coçar a bunda num vezo muito seu, trazido intacto do além, como puderam confirmar todos que o conheciam.

Com esse preciso gesto, imitado enquanto contava, Ugolino seguia pelo rastro, como bom caçador, a presa, ressuscitando qualquer morto. E ainda por cima, nesse caso, acrescentava, com uma risadinha, que o morto tinha sido é muito vivo, pois enricara, como se tivesse planejado tudo de propósito, de comum acordo com um fiscal do matadouro muito amigo dele: quem ia deixar de comprar um bilhete de loteria de alguém que já sabia até como era o outro mundo?

NO DIA DA CAÇADA, tudo começava antes, com sofreguidão medida. O comichão inicial vinha da noite anterior, quando carregava os cartuchos, debruando-os, com lentidão cuidadosa, na maquininha presa no tampo da mesa da sala de jantar e se detinha a enfiá-los calmamente, sentindo o prazer da demora, na cartucheira, pela ordem de grossura do chumbo: o mais fino para o cano direito, o mais grosso, para o esquerdo, tudo repartido nas duas metades do cinturão. Se o tiro for de perto, chumbo fino; se o tiro for de longe, chumbo grosso.

Depois, era buscar o cantil, o bornal, o pendurucalho para carregar as aves abatidas, até chegar ao capítulo da espingarda: uma Beretta antiga, trazida de Arezzo pelo avô, já caçador na campanha toscana, que presenteara a arma ao pai, de quem a recebera, limpa, de canos luzidios pela banha de galinha, sempre à espera, dependurada pela bandoleira no cabideiro da parede do quarto. Desde menino, ele espichava olhos compridos para ela.

E só faltava, de madrugada, preparar a matula: um filão recheado de salame com provolone ou um pão de forma enrolado com sardinha, mandado fazer de véspera na padaria do seu Fajardo; pão com sardinha dava ainda mais sede que o salame, mas regalava o companheiro português. Além disso, uns dois punhados de azeitonas verdes e pretas; uns ovos cozidos, acompanhados de sal e pimenta-do-reino embrulhadinhos; uma garrafinha de café e outra de cachaça, boa abrideira; por fim, uma talhada de goiabada cascão com um naco de queijo mineiro meia-cura. Ou então, pensando nos meninos que desta vez iam também, pedir a Assunta, já mais paulista ou mineira do que italiana, que fizesse um virado de frango com farinha de milho, ou lingüiça com farofa e couve rasgada, a pimenta na medida certa que ela sabia pôr, para ninguém se queixar do ardume ou comer sem gosto. E era virar no pé, sem esquecer de levar alguma lima-da-pérsia para ajudar a matar a sede.

Aos oitenta anos, era como se fosse ainda criança, e procedia como vira fazer o pai, e antes, o nono, que chegara a acompanhar quando passarinhava no pomar da casa velha do Largo das Palmeiras, imitando no covo da mão o pio das juritis que ainda não tinham medo da cidade e vinham ciscar na sombra das jabuticabeiras do fundo do quintal. Namorava então a Flaubert do avô, a coronha lavrada em fina arte, o cano longo e esguio que se carregava pela culatra com uns cartuchinhos de chumbo mostarda, da marca Javelot, que vinham da França acondicionados em preciosas latinhas redondas, com as quais brincava horas a fio. Imaginava o que estivera dentro e se evaporara; bem pensadas as coisas, era o seu sonho de aventura, que realizava destapando a latinha, mas tudo se reduzia simplesmente ao ar.

Um dia destapou-a e deu com um cartuchinho que sobrara; só estava a cozinheira, Dona Benedita, que começava a fazer a janta. O avô, antigo negociante, já era viúvo e morava sozinho na casa velha da família que se desagregara com os casamentos dos filhos e a morte da mulher. O quintal era enorme, com um pomar que começava por uma jabuticabeira perto do tanque, rodeada de roseiras, cristas-de-galo e aspargos-de-jardim, e logo depois, vinham canteiros escalavrados em que restava algum pezinho de manjericão e alecrim e os fundos que pareciam continuação da roça, com o mato misturado às verduras e às frutas, tudo espandongado, como dizia o velho. Uma confusão que repetia a mixórdia de dentro, onde o avô, contra o desejo das filhas, defendia seu território livre e vivia sozinho; entendia-se em muxoxos consigo mesmo, jogava debaixo da cama a roupa suja, tomava algum banho quinzenal cozinhando só para ele tudo o que não podia comer. E fora reinava a tentação da passarinhada, atraída pela palha de arroz espalhada no fundo da horta. Então, como ia contando, entrou, tremendo, no quarto do avô, apanhou a flobé atrás da porta, e saiu de fininho rumo ao quintal. Percebendo um pombo na cumeeira do telhado da cozinha, subiu na jabuticabeira, ajeitou-se numa forquilha propícia, carregou a arma com o cartuchinho e apontou para o peitaço do pombo azul que rufava as penas, fazendo roda em volta de uma pomba branca que se fazia de desentendida: o estouro foi um susto, e o coice inesperado da espingardinha foi suficiente para derrubá-lo do galho; despencou, ralando-se na ramaria, até cair sentado no chão, ao lado da ave que estrebuchava, depois de ter rolado telhado abaixo. A empregada botou uns olhões brancos que só vendo na janela, confundida com o pretume de picumã da parede da cozinha. Mas logo após o que foi isso, menino?, depenava com muita propriedade o pombo que mais tarde ele devoraria com o avô, muito bem ensopadinho no leite, acompanhado de arroz com feijão, angu e cambuquira, pois a Dita era mineira de Ouro Fino e não errava a mão nas iguarias de sua terra.

Tinha gosto, como todo velho, em recordar esses tempos antigos; já vira de fato muita coisa e imaginara outras mais, mas nunca pudera entender direito a gana que lhe despertava a caça nem a mania de contar histórias. Elas eram no fundo uma coisa só, mas Ugolino procurava trazer mais luz para as questões que o enredavam em repetidos pensamentos, como agora que se preparava de novo para ir à caça, atrás de uma perdiz renitente e matreira, que já lhe havia pregado diversas peças. E se emaranhava num mato espesso, caçando antes de caçar, chegando mesmo a buscar nos livros a matéria de que não se fartava, pois era como se, nesses rodeios, estivesse estudando a si mesmo, querendo saber de si por meio de meditadas astúcias.

É que toda perdiz, como ele bem sabia, vive ocultando-se. É ave capaz de muito arremedo e variegados disfarces; mesmo diante de olhos atentos, ela some no chão. Para começar, confunde-se com o capim e a terra, em perfeita camuflagem: o vermelho do peito, o amarelo-ferrugem da barriga, alvacento no pescoço, as raias escuras do cocuruto, o encarnado das pernas, o cinza do bico, o dourado do dorso, com listras pretas que caem em cascata, tudo se funde e embola, na hora da fuga, em mistura arruivada, virando indistinto e móvel desenho, para melhor fingimento. Além do mais, rapidez, sentidos despertos, atilada percepção do perigo. Perdiz não tem miolo mole de galinha, não. A semelhança é só de porte e tamanho do ovo, mas logo se vê que este é outra coisa, muito distinta, na vistosa cor de vinho ou nos tons de chocolate e violeta. O que sai de dentro, nem se fale. E ainda mais quando dava para sair safada como aquela que conhecera três anos passados; não se podia bobear, só uma avisada prudência impedia de se voltar para casa de mãos abanando.

Uma coisa ele tinha entendido, é que a danada da perdiz era capaz de voltas e dobras e até parecia feita de ferro: com o perdão da palavra, ela tanto se dilatava, quanto se contraía ao extremo, armando esquadrias próprias para escapar do cão e do tiro. Ora desgarrava-se em corrida desabalada, primeiro em linha reta, depois em aberto círculo, até desfechar vôo, distante de todo faro e chumbo; ora enrodilhava-se no chão em paralisado instantâneo, quieta e amoitada com tal sigilo, que dela não se exalava cheiro algum, deixando o caçador no mato sem cachorro, perdido nos despistados labirintos que arquitetava, assim reduzida a um só ponto invisível ou expandida em inatingível circunferência. Do ponto à circunferência, ora bolas!

Aquela perdiz ia além de qualquer coisa; para cercá-la, só mesmo se forjasse um anel de ferro, algum maleável estratagema, dando voltas à idéia, para fazer virar o feitiço contra a feiticeira. E Ugolino perdia-se nos círculos de seus próprios pensamentos, pois de círculo em círculo, as coisas iam mudando de figura. Se a gente joga uma pedra na água parada, se forma um anel que engendra outro anel, que engendra outro anel. A idéia servia para a perdiz que foge, a luz do sol que vem bater no abacateiro e até para Deus, que, três em um, de cima nos governa.

[3]

FAZIA UM FRIOZINHO DE MAIO, e um cheiro bom de pão torrado chegava da cozinha, por onde já devia andar Assunta. Ela se levantava sempre com o escuro para lhe arrumar a matula e o café da manhã, em dias como esse, e nunca se queixava do trabalho ou da paixão do marido pela caça. Pequeninha e magra, era uma formiguinha trabalhadeira que só ela, indo e vindo entre a cozinha e a oficina dos fundos, remexendo os canteiros da horta com plantinhas e temperos, botando as ferramentas em ordem, deixando tudo como um brinco. Agora, ao calçar o borzeguim e ajustar a polaina, Ugolino já ouvia o barulhinho frenético das unhas de Gingo no cimento do corredor, excitado com os preparativos da saída que pressentira nos movimentos da casa. Cão e dono se entendiam sem palavras, e fazia muito tempo que mantinham esse diálogo mudo. Assunta, da porta da cozinha, ralhava com o cachorro que não parava quieto.

Quatro quarteirões abaixo, Joãozinho Dentista, o Portuga, devia também estar às voltas com o Joibe. Esse Beijo de trás para diante era um cachorrão branco, com orelhas curtas e manchas encardidas de marrom amarelado, que nem parecia perdigueiro e botava a goela no mundo, ao pressentir os movimentos do caçador. Acordava a vizinhança toda, se o dono não lhe segurasse o focinho com uma das mãos enquanto com a outra e a vasta barriga pelejava para pôr para dentro do carro o diacho do cão excomungado e, em seguida, em marcha, com os raios que o partissem, o fordeco-de-bigode que sempre infernizava para pegar em manhãs de frio como essa. Encarapitado no assento de trás, sem nenhuma educação, Joibe só diminuía os latidos com o carro andando, mas mesmo assim repetia a cada trecho o surto, com a cabeçorra metida fora da janela, bufando, fungando e espirrando saliva para todo lado, quando não fazendo coisa pior.

Joãozinho, baixinho, gordo e bonachão, acomodado o traseiro no couro macio do fordeco, depositava em dobras e refegos bem assentados a infinita paciência que lhe dera Deus. Mas quem o visse assim pousado, não podia fazer idéia de sua disposição e lepidez para atravessar uma cerca ou correr atrás de um rabo-de-saia. Andava com a velha cartucheira belga, calibre 24, sempre engatilhada e, quando um dos seus cinco filhos que o acompanhava na caçada para catar cogumelos, algum caju-do-campo, pindaíba ou marolo, chamava a atenção do pai para o perigo, dizia entre dentes: "— Quieto, menino, que isto está nas mãos de um homem". E varava a cerca ligeiro, sem engastalhar, pois não tinha chifres, como repetia brincando, e nunca tinha disparado desastradamente um tiro, nem que fosse de susto ou soluço, acrescentava.

Mas não era à toa que também o conheciam por Jojó das moças, resumindo-lhe o nome de João Joaquim e a verdadeira vocação. Viera mocinho, mas infelizmente casado, de Portugal, de Amarante, e encontrou por aqui muito bom terreno de caça. Vivia atento e espevitado, sempre pronto para alguma presa incauta que lhe surgisse na linha de tiro. Às vezes, tomando a fresca no jardim da praça, onde as raparigas em flor faziam a roda, soltava suspiros e, cofiando a vasta bigodeira, exclamava diante dos amigos: "— Ai, caraco, se boto as mãos numa cadorninha dessas!". E por amor de codornas e perdizes, vivia em permanente guerra conjugal com a mulher, Dona Gertrudes, que o ameaçava com a tranca da porta, mas não conseguia emendá-lo nem impedi-lo de sair à caça, em que passava tão suavemente das aves às moças.

Joãozinho, homem ágil e prático que era, apesar do corpo, combinava às mil maravilhas com o espírito contemplativo de Ugolino, cuja altura e secura de carnes se ajustavam com o que levava dentro da cachola, de modo que, ao sairem para a caça, pareciam formar o par perfeito para os altos e baixos de qualquer aventura, por mais insólita que fosse. Ugolino, de brincadeira, costumava imaginá-lo como um tubarão, um animal só dentes, mandíbula e músculos, com a bocarra voraz sempre aberta e a pança, um saco sem fundo onde cabia de tudo; no entanto, longe do mar, seu ambiente natural, parecia deslocado na amenidade bucólica do campo e já apaziguado em suas necessidades, mas de qualquer modo ainda um leão que não se devia enfezar, pois como dizia o próprio Joãozinho: "— Portugal é um leão que dorme, e ai do mundo se ele se levanta!".

[4]

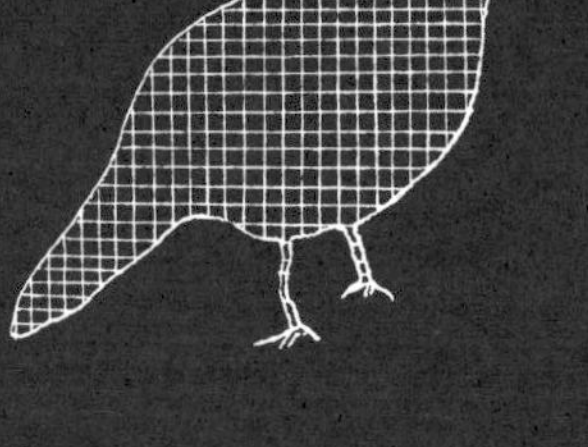

FOI POR INTERMÉDIO do consultório de Joãozinho que chegou aos caçadores a primeira notícia da perdiz.

Nesse tempo, as perdizes já rareavam no município de São João da Boa Vista e arredores. Ugolino atribuía a escassez à destruição dos cerrados, às queimadas, aos agrotóxicos, inseticidas e pesticidas, mas também aos maus caçadores, que caçavam fora de época, uma peste igual, como aquele desgraçado de cunhado seu que não parava de varar cerca o ano todo. Já até tinha escrito no jornal contra aquele filho-da-puta, mas ele não parava. Por isso é que era preciso andar muito para achar pouco; e muitas vezes mesmo, andava-se o dia todo, sem achar nada. As poucas aves que sobravam eram ariscas e espertas; davam o que fazer a cães e caçadores. Estes não saíam para caçar perdiz, mas para caçar esta ou aquela perdiz, de que tinham notícia por algum campeiro ou boiadeiro da região. Uma luta, e por quase nada.

Caçar já estava se tornando então motivo de melancolia; apertava a dor das coisas que passaram, mas não caçar parecia aos amigos ainda pior. Os antigos caçadores podiam fazer uma triste figura, quando no campo topavam com as máquinas agrícolas, como se fossem remanescentes do tempo do Onça frente aos novos monstros que iam mudando a paisagem do cerrado em vastas plantações de soja, cana ou laranja. Estavam perdendo terreno a olhos vistos, mas teimavam e tinham gosto em prosseguir louvando São Huberto, com os dias de caçada ansiosamente aguardados na folhinha.

Além disso, na região, ainda restavam alguns fazendeirões à antiga, cuja decadência visível não impedia a criação de gado à solta no cerrado, pelo tamanho dos latifúndios de que dispunham por herança familiar. Era só dar sal de vez em quando, correr as cercas, cuidar mal-e-mal de berne e carrapato, escolher a sombra e a água fresca, deixando a boizada na engorda. Era o caso de Aquilino José Carvalho de Oliveira, que herdara do português José Antônio Dias de Oliveira, através de gerações que foram repartindo sua sesmaria por inumeráveis descendentes, uma imensa parte da antiga fazenda Campo Triste, o coração da propriedade onde o guarda-mor, que viera do Porto, plantara sua semente. Nessas terras, segundo diziam, se tropeçava nas codornas e, em agosto e setembro, se podia ouvir o pio de despedida da perdiz. Eram apenas quatro sílabas sofridas, mas pareciam confirmar o seu destino: "— Eu, nunca mais!".

Seu Aquilino era seco e espigado, com um nariz que fazia jus ao nome do proprietário, e vivia debaixo de um chapelão de outras eras, trajado de terno de brim cáqui, ou linho branco nas ocasiões especiais. Nos dias de sol, um moleque da fazenda acompanhava-o ainda com a cobertura extra de um guarda-chuva. Num dos bolsinhos do colete, a correntinha de ouro se prendia ao Patek Philippe que gostava de exibir no momento de deixar o interlocutor de suas conversas a caminho do banco, como se estivesse obrigado pelo horário, ou quando cumpria a religião cotidiana do barbeiro, para fazer a barba e cuidar das unhas. Suas mãos alvas, de dedos longos, pareciam de moça, e tinha o hábito de contemplá-las, às escondidas, com o rabo dos olhos. Fumava cigarros de palha com fumo de Baependi, onde tinha parentes remotos, que lhe enviavam sob encomenda, remessas de goiabada, em caixeta de madeira, e o precioso fumo de corda, que picava com um canivete de folha larga, boa para alisar a palha, depois de palmear o fumo, ritual a que se dedicava com minúcia, longamente.

Embevecia-se, depois, com as rodas de fumaça, perdendo-se nelas com um olhar atento e demorado, assim como contemplava, absorto, a própria imagem no espelho do quarto ou do barbeiro, sem ligar a mínima de deixar quem quer que fosse à sua espera por um tempo sem fim.

Seu Aquilino não gostava de gastar dinheiro; sentia-se mal mesmo com o gasto de dinheiro alheio; era um formidável pão-duro, a quem uma conta feria como uma facada e, por isso, se via obrigado a adiar para sempre todo pagamento. Por vezes, diante de um empregado que precisava receber, sacava da algibeira um bolo de notas que folheava, em ritmo moroso e compassado, como um livro, mas não, no momento não podia, tinha outros urgentes compromissos, que voltasse outra hora. Era conhecido pelos repentes de mau gênio, o pigarro fiel, o gosto por cavalos de corrida e por demandas. Demandou com um vizinho a posse de um boi furão de cerca anos a fio, até que o boi morreu, e teve que demandar o couro do animal, que lhe agradava mostrar, pregado na parede da casa da fazenda. Tinha mais do que uma queda pelas orelhas da sota, como gostava de chamar a dama do baralho, e contava-se que havia perdido uma fazenda de porteira fechada numa noite de carteado.

Mas seu fraco principal eram as damas propriamente ditas, começando pelas mulheres da colônia, onde exercia desmandos que nem a tuberculose renal da mocidade, que lhe custara um dos rins, conseguira aplacar. E apreciava demais também, relutando com a parcimônia, as da vida alegre, e entre elas, as bonitas, um dos raros momentos em que enfiava a mão no bolso, sem olhar para a despesa. Falava pouco, aos soquinhos, com voz fina e fanha, quase sempre para dizer não. De caçada, não se podia nem começar a tratar com ele, pois ia logo dizendo que caçadores eram um flagelo e não passavam de uma raça funesta de gente que só dilapidava a propriedade alheia, além de encher o saco com a ladainha de seus pedidos para caçar.

Ugolino e Joãozinho, que o conheciam de muitos anos, sempre de olho na caça, viviam cercando-o com as mais maviosas palavras de engodo, encompridando conversas de esquina e jardim, quando falavam de tudo, do tempo péssimo, da seca brava, da má política do governo, das moças bonitas ou de qualquer capitosa amenidade, nunca roçando sequer de leve o delicado assunto. Mas daquele mato impenetrável não saía coelho algum, quer dizer, perdiz nenhuma. Além do mais, percebiam que nas ponderações matreiras do fazendeiro a propósito de nada, nas suas reticências e por detrás de sua fala parca, estava sempre o que pensava deles: um italianinho de merda, malhador de ferro frio, e um portuga sem eira nem beira, da raça dos ciganos que vieram fazer a América no meio dos bugres.

Não é que numa doce tarde de fins de maio apareceu no consultório de Joãozinho Dentista seu Aquilino, acompanhado de um caboclo da fazenda com um lenço enrolado em volta da cabeça. O homem estava pálido, esverdeado, e de pescoço duro, não podendo pronunciar uma sílaba sequer, dado o inchaço do rosto. Não conseguia controlar nem a baba, que corria num canto da boca por cima do beiço estufado e pendente, sem chegar a juntar com o lábio superior. Ao remover o lenço, qual não foi a surpresa do dentista ao ver que debaixo do maxilar esquerdo havia o rasgão de uma ferida, uma flor sangrenta que desabrochava em felpas de madeira, guardando em seu interior a sombra arroxeada de um corpo estranho.

Temendo o tétano e com medo de não dar conta do recado, Joãozinho, depois de ter declarado, alto e bom som, que não passava de um prático que nem formado dentista era de verdade, foi logo dizendo, sem perder o expediente, que era caso de se levar com urgência para a Santa Casa. Mas o fazendeiro subitamente enfurecido teimou e bateu o pé que não, que devia dar jeito ali mesmo, uma vez que o problema era de boca e de dentista e de nenhum puto de médico. Joãozinho percebeu logo pela reação do velhote que naquele mato tinha coisa e também não era coelho; esfriou a cabeça, ainda que soltando, baixo e entre dentes, uns raios que o partam, e pôs mãos à obra.

Com paciência, limpou, desinfetou, anestesiou o local e, munido de uma pinça, foi puxando firme, mas devagar, o pontão de um guarda-chuva que estranhamente estava ali alojado. Acostumado a extrair dentes, mas não um pedaço de pau, Joãozinho ficou coçando a cabeça. Ao ver, porém, a cara sucumbida e envergonhada do homem, de imediato se deu conta, prático como era também nesses assuntos, de que naquele caso entrava mesmo era alguma dona.

E de fato o fazendeiro foi logo dizendo que o seu empregado tivera uma desavença com a mulher, a quem colocara, depois de umas boas e merecidas bordoadas, contra a parede, para arrancar-lhe o nome do amante, que toda a colônia, em fervente falatório, talvez soubesse, mas também calava. O que pôde arrancar Joãozinho do congestionado caso, acabou sendo que, sem denunciar quem fosse o vilão — isto nem pensar! —, a mulher, no sufoco, lançara mão de um esfrangalhado guarda-chuva, agarrado a tempo, cravando-o por debaixo do queixo do agressor. Do restante da história mal contada que se seguiu, o dentista entendeu o principal e também se calou.

Quando o caboclo remendado desceu a escada do sobradinho do dentista em busca do chofer que os trouxera, Joãozinho viu que tinha nas mãos o fazendeiro, que ficara na prosa. E deu-lhe o golpe fatal: o trabalho dele não era nada, não, que tinha prazer em ajudar o amigo na hora do aperto, sabendo manter a discrição sobre o caso, conforme o pedido que lhe havia feito; mas que ficaria muito contente com uma ordem por escrito para caçar, mais o companheiro Ugolino, na fazenda Campo Triste. Seu Aquilino ficou ainda mais branco do que era, parecendo que ia desmaiar; pigarreou seco, pigarreou de novo, mas acabou assinando, com a mão trêmula, numa folha de receitas de Joãozinho, a almejada permissão.

Quando dias depois o caboclo, já todo falante, voltou ao consultório do dentista para tirar os pontos, Joãozinho especulou-o sobre as perdizes da fazenda. Margarido contou-lhe então que divulgara de longe, muitas vezes e a derradeira ainda não tinha nem uma semana, um trem de perdigão — já pensou?! —, perto do cocho de sal do gado, numa subidinha do terreno em que as moitas de jaraguá tinham crescido de permeio com o capim do cerrado, em roda dum jacarandá velho que quatro homens não abraçavam, mesmo juntinho da porteira do piquete que beirava a banda esquerda do corgo Campo Triste. Mas era perdiz treteira que só mulher-dama ou vaca varadeira, pois logo voava estourada — já pensou?! —, muito chão adiante do lugar em que tinha sido avistada, mal pressentia o vaqueiro a cavalo; e o mais gozado é que depois de levantada, girava em volta, indo sentar lá pelo cafundó do cerradão mais fechado que ficava no rumo da nascente do corgo.

Joãozinho não precisava de mais, e ficou dando palmadinhas de felicidade na pança, imaginando a cara de Ugolino ao saber da notícia da perdiz.

[5]

JOÃOZINHO CONTOU apenas uma parte da história a Ugolino. Limitou-se a dizer que o campeiro de seu Aquilino via sempre uma perdiz na invernada da fazenda Campo Triste e que era um perdigão criado e arisco. Calou tudo sobre a localização.

Quando os dois amigos entraram no campo de seu Aquilino pela primeira vez, numa manhã de junho, de céu límpido e azul profundo, fazia ainda um frio penetrante, depois de uma noite gélida.

A uns quinhentos metros da casa do campeiro, numa baixada próxima ao brejo que ladeava o corgo Campo Triste, onde ainda eram visíveis os restos de brancura da geada, Gingo estacou seco, de cabeça erguida, com a pata esquerda dobrada no ar, e Joãozinho, a uns cem metros do companheiro, sentiu o coração aos pulos, temendo que fosse o perdigão. Quando Ugolino mandou o cão avançar, nada voou, e o cachorro partiu rápido como uma flecha, abocanhou e trouxe para as mãos do caçador uma codorna encarangada de frio.

Joãozinho imaginou que a coisa daquele jeito ia render. Mas, depois, andaram horas sem que nada acontecesse, e foram cada vez mais se distanciando um do outro, Joãozinho sempre buscando o rumo do lugar onde fora vista a perdiz, até que se perderam um do outro. O sol já estava alto, e esquentara muito.

Ao divisar o jacarandá referido pelo campeiro, Joãozinho a custo conseguiu trazer para perto o Joibe, que era cachorro ponteiro e aloucado, e prendeu-o na coleira que trouxera no bornal, amarrando-o na sombra da moita mais alta de assa-peixe que achou. Foi então pisando fofo e de mansinho, por entre os tufos de jaraguá, seguindo o trilho do gado, até avistar o cocho de sal. A uns trinta metros, sentou atrás de uma touceira de fruta-de-lobo, tirou a matula e as garrafinhas de café e cachaça, e ficou de olho no limpo em volta do cocho, com a espingarda engatilhada, deitada de seu lado direito.

As horas foram passando, e nada. O calor trouxera de volta mosquitos sortidos, desde uns miudinhos — uns bobos que entravam nos olhos e no nariz; o bandinho enfezado dos pólvoras; moscas que de mortas não tinham nada, ferroando ardidas como os pernilongos já assanhados logo cedo — até varejeiras verdes, que deixam compridas lembranças, e alguma inesperada mutuca, capaz de espantar boiada. De vez em quando ainda, por baixo, as formigas pretas de pau podre que teimavam em subir pelas botas, desafiando a paciência. Um fuzuê dos infernos, mas Joãozinho sabia que era preciso agüentar tudo quieto, imóvel que nem toco. Não cedia nunca ao sono ou ao cansaço; o café com cachaça servia para espiritar, e ele mantinha a suada vigilância, olho vivo no claro do capinzal onde a qualquer instante podia pintar o esperado cocuruto.

Um bem-te-vi cantou num capão de aroeiras a uns cem metros, onde o cerrado ia virando mato, na margem do córrego. Joãozinho se sentiu culpado, como se tivesse sido descoberto. O bem-te-vi martelava insistentemente na cabeça. Foi ficando cada vez mais inquieto, mas sem se mover, com o olho pregado no raio da perdiz que não aparecia e com uma pulga atrás da orelha. Ugolino podia estar por perto e ele nunca ia admitir que o companheiro atirasse numa perdiz no chão, desonra para qualquer caçador. Ugolino não quebrava regra.

Joãozinho, que apreciava mais uma perdiz na mão do que a honra voando, tinha prática suficiente de tiro ao vôo para não confiar na própria pontaria, ainda mais sabendo como era arisco o perdigão e como as correrias do Joibe iam espantá-lo para longe.

No ano anterior, sem que o outro visse, tinha embolsado uma perdiz atirada de muita distância por Ugolino; ela não tinha caído no lugar e veio pousar mansamente, como se gozasse de boa saúde, bem juntinho dele. Joibe deu com ela já morta, e ele não teve dúvida, cascou fogo para o ar, como se estivesse visando a perdiz que dormia tranqüila no bornal. Na volta, diante do amigo, se vangloriava do belo tiro de ponta de asa que dera a mais de quarenta passos.

Como já ia ficando muito tarde, resolveu desistir; recolheu os pertences do chão, pôs a arma no ombro e voltou-se na direção do lugar onde deixara amarrado o cachorro. Ao dar o primeiro passo fora do esconderijo, tomou um susto com o repentino ruflar das asas da perdiz que alçava vôo bem nas suas costas e viu, desarmado e boquiaberto, a ave encastelada sumir por detrás das copas das aroeiras onde há pouco ainda cantava o bem-te-vi.

Naquela tarde os caçadores voltaram sapateiros, pois a única codorna que levavam para casa tinha sido caçada pelo Gingo, que agora, no carro, lambia as mãos do dono, encarando-o com os olhos mais ternos e agradecidos do mundo.

[6]

NA SEGUNDA SAÍDA, os heróis tampouco foram felizes. Ugolino, que havia ficado bem desconfiado das manhas do companheiro, resolveu segui-lo de perto. Joãozinho não teve outro jeito senão levá-lo na direção certa.

E nem bem se aproximavam do jacarandá, os cães deram com o rastro da perdiz. Mas enquanto de cabeça baixa buscavam perdidos num intrincado matagal, em ziguezague, a reta via, ela já corria solta lá na frente e rápida, depois de um giro desenvolto, saltava a mais de cem metros dos caçadores, rodeando pela esquerda o capão das aroeiras. Os amigos se entreolharam com cara de tacho, sem poder sequer vislumbrar onde fora pousar, encoberta pelas árvores, a bandida.

Uma semana mais tarde, ressabiados, voltaram à carga. Desta vez, tomando precauções, Ugolino mandou Joãozinho na direção do jacarandá e do cocho e, abrindo um largo círculo, foi contornar a capoeira na esperança de atirá-la na passagem, se escapasse do chumbo do companheiro. De sua nova posição poderia ao menos ver onde, exatamente, iria pousar depois de contornar pela esquerda o matinho.

Não tardou muito e ouviu o estampido da espingarda de Joãozinho; logo em seguida, viu de longe a perdiz que, bela e formosa, fazia a volta da capoeira, mas pelo lado oposto ao que ele se encontrava, indo pousar muito abaixo, no meio da várzea do riachinho. E para lá se dirigiu, às pressas, leve e ágil como sempre, apesar da idade.

Chegou arfante, mas teve de parar ainda longe do lugar do pouso. O terreno era inóspito. O capim-navalha e o arranha-gato se entremeavam à vegetação do brejo: moitas de maria-jacinta, chapéu-de-couro, tabua e samambaia; de vez em quando, num aclive, um capinzal espesso com alguma sangra-d'água e até um ingazeiro, debruçado sobre as águas do córrego. Ugolino ficou de fora, mas açulava o cachorro para entrar. Gingo ia aos pulos e num vaivém de pente fino, quando topava com o chão mais firme e o capim.

Num altinho, a uns vinte metros do dono, amarrou, com a bela cabeça erguida, o rabinho esticado duro, os pelos arrepiados no fio do lombo preto.

Ugolino levou a Beretta ao rosto e com o dedo na trava, pronto para atirar, mandou o cão prosseguir. Gingo avançou de um salto, mas a perdiz não voou; o cachorro ficou desesperado. Buscava o rastro, que achava e perdia, achava e perdia; por vezes alçava a cabeça, procurando o caçador, para de novo sumir debaixo da navalheira. E nada. Por um momento, pareceu apanhar o rastro novamente e se meteu numa macega alta com muito cilindro de tabua pelo meio, ainda mais adiante, e foi se distanciando no labirinto verde das gramíneas, que só tremiam na ponta quando ele passava por baixo, e nada encontrou.

Depois de mais de hora tentando, Ugolino desistiu e chamou o perdigueiro de volta. A perdiz jazia amoitada em algum ponto e aí, misteriosamente, ficou.

A temporada de caça chegava ao fim e, por três vezes, tinha sido vã a caçada ao perdigão de seu Aquilino. Parecia até praga do velho sovina.

UGOLINO VOLTOU perplexo para casa. Tinha de repensar as coisas, pois fora batido por uma simples perdiz, convertida num único ponto no meio de um brejão dos diabos. Tinha de recomeçar a partir desse mero ponto invisível, pois dele nascia toda a dificuldade. Precisava, urgente, de uma nova luz.

Ao contrário do que se dizia, Ugolino não era nenhum queima-campo e jamais quis ser um Joaquim Bentinho, contador de patranhas. Assim, ficou seriamente imaginando que ensinamento podia tirar de sua prática de caçador ou até mesmo de algum truque da caça para poder atingir seu fito: apanhar o perdigão à distância de um tiro ao vôo. Todas essas vezes, a perdiz tinha se safado por artimanha: movendo-se ligeira ou permanecendo completamente imóvel. Era preciso encontrar na própria natureza meios de vencê-la por estratagema parecido.

Lembrou-se então do que se contava da raposa, astuta que só ela. Aqui não tem raposa, só cachorro-do-mato ou raposa-do-campo, pensou, mas nada contra a usar seus enredos; era só não se deixar enredar por eles, mudá-los conforme necessidades próprias, trançá-los em nova trama até ficarem com o jeito da cara da gente, ou então valiam o que valiam, só um tostão furado. Além do mais, um seu parente daqui, o guaxinim de banhado, não fazia feio: era capaz de enfiar o rabo na loca do guaiamum, agüentando a ferroada, só para pescá-lo fora, chacoalhá-lo longe e devorá-lo no instante seguinte. Mas a raposa era ainda mais conhecida pela dissimulação, sabida ao ponto de fingir de morta e, por meio desse artifício, agarrar aves que vêm para bicá-la na fiúza de encontrá-la ferrada no sono ou de canela esticada, tal a astúcia com que desempenha seu papel, não dando sinal sequer da respiração para melhor esconder seu intento. E aí, de súbito, como um bote de urutu, ai daquele que passar perto de seu focinho. Nada como a surpresa do falso morto que de repente revém para atenazar ou lograr os vivos, abestalhados de pavor. Dela se diz também, que é fina no despiste e na calculada prudência, abrindo várias saídas para a mesma toca, para que não se veja com as patas na peia, reduzida a nada pela imobilidade. É dona de um labirinto familiar. A diaba da perdiz devia ser vencida com armas parecidas, ardil do tamanho da sua mesma esperteza; o ponto forte dela era a agilidade na fuga, para contrair ou expandir em círculo, e círculo era com ele, amoroso forjador de anéis de ferro. Precisava imaginar um anel de outro tipo, mais vasto, como os múltiplos tentáculos de um polvo, fechando o cerco sobre ela. Fingir de morto ele bem que podia, aproveitando o espaço do cocho de sal que a perdiz vivia rodeando como se estivesse cevada que nem os bois e os filhos de seu Aquilino, dormindo na sombra. Decerto criara o hábito da comida fácil, das sobras do cocho, apreciando catar algum farelo esparramado ou bater atrás das formigas e dos bichinhos, atraídos pela mesma razão que ela própria. O duro seria agüentar a forçada imobilidade pelo menos uma tarde inteira, e a sacana era bem capaz de logo perceber a novidade e ficar amoitada, sem dar as caras no limpo. Para ficar na espera, a distância, só se fosse para atirar no chão, e isto nem pensar, pois de outro modo ela se enfiaria no mato e *ciao, ciao, bambina*, ia estourar nos confins do judas. Não, não, nesse caso não servia a fraude da raposa. Era deixar pra lá. Mas, quem sabe, sim, os tentáculos do polvo, novelo de mil fios, em que não se pode fiar, pois, como a perdiz, pode imitar a cor do que está próximo, igualável tintim por tintim à pedra em que gruda para melhor abocanhar a vítima, que morre sem saber se foi comida pela frente ou por trás desse bicho esquisito. O polvo que tanto agradava ao Joãozinho, em doídas saudades portuguesas, matadas no prato com batatas a murro, azeite e caldo de limão. Não era à toa que tinha aprendido com a conversa de polvo e o exemplo do próprio Joãozinho: as coisas têm muitas margens e são mais ondulantes do que parecem à primeira vista. Valia a pena tentar esse tipo de anel galopante do fundo do mar em terra firme; ele que é mestre em atacar ou escapar na noite de tinta que ele mesmo fabrica, bicho ladino demais, apto para multiplicar a ladinice pelas muitas patas. Para isso, era preciso aumentar as pernas, quer dizer, os caçadores: um anel humano que rodeasse a roda da danada. Era isso!

[8]

E FOI POR ISSO que naquela famigerada manhã, os caçadores se atrasaram um pouco antes de sair. No fordeco, Joãozinho já não suportava segurar o focinho do Joibe, e nada do Maneco, o seu filho de quinze anos que ia se juntar à caçada, mais o Paulinho, o neto de Ugolino, que ainda iam ter de buscar na casa do pai. Tinha sido uma dureza conseguir a prorrogação da ordem de seu Aquilino, e a mamata, como dizia Ugolino, não ia durar para sempre.

Não era a primeira vez que Maneco ia caçar com o pai; na verdade, atirava melhor do que ele, com sua Aya calibre 32, e já matara algumas codornas e nhambus. Paulinho, porém, com seus doze anos, era marinheiro de primeira viagem, e Joãozinho logo que o viu com sua 36 de um cano só, foi logo dizendo que com aquele canivete só se fosse para assassinar algum tico-tico. Mas os meus meninos, como os chamava o Portuga, haveriam de não fazer feio.

No caminho da roça, Ugolino foi explicando aos companheiros a artimanha de polvo que havia bolado para embrulhar a perdiz na laçada de um nó cego, e ela ia ver só o fogo dantesco que eles iam cerrar em volta dela. Os dois meninos é que iam com os cachorros, enquanto que os mais velhos ficariam amoitados, um de cada lado da capoeira que ela costumava contornar, para atirá-la de passagem se ela lograsse escapar do chumbo dos mais jovens. Seriam dezesseis pernas e seis cabeças, entre homens e cães, que davam para formar até dois fornidos octópodes e o cerco fatal.

Gingo estava acostumado a brincar com Paulinho, que o fazia trazer à mão uma bola de meia, toda vez que ia à casa do avô; parecia adorar as brincadeiras do menino e não havia de estranhar o novo caçadorzinho batendo firme atrás dele. Quanto ao Joibe, de nada adiantava plano algum, porque ele só fazia o que lhe passava pelo bestunto amalucado, e sabe Deus o que é que por ali passava, pois logo na chegada foi mijando, depois de rápida cheirada, na perna da calça do campeiro que os recebeu de chapéu na mão e sorriso no rosto e, muito acanhado, foi logo dizendo que não tinha importância, não tinha importância nenhuma mesmo.

A manhã translúcida já ia avançada, mas o capim ainda estava úmido do orvalho e ventava, quando os caçadores começaram a batida à perdiz fujona.

Olhando a copa agitada do jacarandá, Ugolino balançou a cabeça, receando que o vento pudesse atrapalhar o trabalho dos cães. Ao contornar pela esquerda a capoeira, ele já não enxergou Joãozinho, encoberto pelas árvores do outro lado, onde o barranco mais alto da margem direita do córrego era revestido por vegetação mais fechada e de longe observou a entrada dos meninos no campo, mal distinguindo a movimentação dos cães no meio da macega. Foi procurar posição propícia perto do ingazeiro que vira no outro dia, enfrentando o brejão, até um tufo de bastas capituvas, que foi amassando com o pé, para deixar livres os movimentos para o tiro. E se pôs à espera, observando a agitaçãozinha matinal, tão graciosa, das corruíras-do-brejo na galhada do ingazeiro.

[9]

UGOLINO FICOU IMAGINANDO que nunca teria ouvido o chilreio de ferro das corruíras-do-brejo, arredias e metidas no mato, se não fosse pela caçada. Nem as teria visto como agora, saltitantes de contentamento entre os galhos, com um jeitinho dengoso de mexer para espiar de curiosidade, mostrando as manchinhas amarelo-enxofre do papo e balangando o rabo longo e rígido, assustadas com o estranho que as olhava fixamente.

Mas, o que tinha significado para ele caçar, desde a primeira vez que acompanhou o avô e depois o pai? Fazia tantos anos, que perdera a conta. Não podia responder; era dessas coisas que vão fazendo parte da gente, à medida que o tempo passa, e se tornam tão complicadas de explicar como a própria vida. Lembrava-se da primeira viagem comprida de trem que fizera com a mãe a Jaboticabal: na volta, eram tantas as novas notícias prensadas dentro do vagão e da gente de uma vez só, que não havia modo de contá-las, se não as fosse alinhando nos trilhos do trem e do tempo novamente, para serem revividas a cada estaçãozinha de parada. Era mais ou menos isso, o que não dava para dizer. Estava, porém, certo de ter aprendido uma infinidade de coisas caçando. Ou pelo menos, achava que tinha aprendido, pois fora caçando que tinha tomado contato pela primeira vez com muitas delas. Era assim que havia pensado nelas, aprendido a reconhecê-las, como só o olho vivo do caçador vai aprendendo a distinguir uma ave ou um bicho pelos movimentos que fazem, pelo canto ou piado, por um rastro ou por uma silhueta no vôo. Da mesma forma foi aprendendo aos poucos sobre o terreno por onde andava: fosse campo, banhado ou mato. O mundo inteiro como que foi crescendo, cheio de coisas novas para serem observadas, sob o olhar atento. O olho que caça começa também a diferenciar e comparar, a perceber detalhes e novidades sobre tudo. Sobre a gente mesmo, sobre os outros, sobre as armas e os cães, sobre a natureza, cujos encantos mais secretos ele só muito devagar foi começando a descobrir, para depois apreciar e amar. Muitos anos se passaram, e ele foi crescendo, ficando homem, quase sem se dar conta, no meio dos caçadores mais velhos e das conversas de caçadas, em constantes andanças pelo campo. Nunca ia se esquecer da primeira perdiz, que levantou vôo debaixo de seu queixo, fazendo subir um poeirão, verdadeira ventania que derrubou até o chapéuzinho de palha que trazia por ordem do pai, para não apanhar o sol quente na cabeça. Atirou de susto, de supetão, e derrubou-a mal havia encastelado. A festa que foi, quando se abraçou com o Diamante, um *pointer* lerdo, mas obediente, que a trouxera à sua mão, e rolaram no pasto doidos de alegria, depois que ele lhe tinha chutado a traseira para que levantasse a perdiz, amoitada no meio de um colonião alto na fazendola do velho Chico Tedesco. Nos últimos tempos, no entanto, já sentia um aperto no coração toda vez que ia atirar numa perdiz. Podia ser a última, num cerrado inexistente. Apreciava ainda o movimento da procura, a arte dos cães, mudados na perseguição da caça, esquecidos do jeito entre brincalhão e boboca que têm em casa, para se superarem na busca, quando, de cabeça erguida no vento, ganham mais força, transformados em coisa maior, participantes, por momentos, de um jogo de rara beleza em que viram figuras móveis de dança ou estacam como peças de escultura em pleno ar livre. Dava gosto caçar, mas também dava dó e tristeza. Será que caçar agora era aprender a ficar alegre e triste ao mesmo tempo? Ensinava a ir além do puro desconcerto? A lidar com o que era doce acabou-se? O caçador é o que ele caça. Aprende imitando, por partes, o jeito de ser do outro; por fim, completado o fingimento, fica sendo o outro, e o que é que sobra? Talvez tivesse chegado a hora de caçar em outra esfera. Com a caça, se acabava o caçador. Ugolino principiava a perceber que estava se despedindo da paixão de toda a sua vida. Tinha escutado, talvez mais do que devia, o adeus da perdiz.

Um peixe-frito piou fora de hora, mas com a repetida pungência, no escuro da capoeira.

[10]

O PIPOCAR DAS ARMAS dos meninos despertou a atenção do caçador, distraído com os próprios pensamentos.

A perdiz vinha de novo sã e salva, e já de longe se via que era ruiva, faceira, desmedida.

Como se aproximava em linha reta, Ugolino foi acompanhando-a com a ponta da massa de mira da Beretta e atirou, de cano esquerdo, mais de metro à frente dela, quando o ultrapassava em alto e apressado sobrevôo, rumo a um pouso desconhecido, para lá do que tinham calculado os caçadores, ao traçar o seu destino, imaginando-a encerrada no círculo dos tentáculos do polvo. E logo que o tiro foi disparado, se pôde ver que ela sentiu o golpe, uma vez que se desgovernou e entrou em parafuso, precipitando-se em súbita e rasante descaída, provavelmente atingida debaixo da cabeça por um bago só de chumbo grosso.

Mas aí aconteceu o inesperado revertério, pois ela de novo arremeteu e foi subindo, subindo, subindo, ao mesmo tempo que convertia a rota em curva, fechando o círculo sobre Ugolino, perdido lá embaixo, um ponto só distanciando-se, cada vez mais ao longe, quase invisível no inconcebível meio do próprio cerco que forjara. E ela deu então outro giro mais elevado, mais abrangente, pairando sublime, inatingível, numa terceira circunferência por demais dilatada e irradiante, quando se toldou a vista do caçador, já que ela se havia confundido com o anel de luz do sol sem nuvens que iluminava o dia. Talvez tenha ido ainda muito mais além, pois jamais se soube que por ali tivesse caído.

Ugolino, velho lobo batido em seu próprio sonho, quedou imóvel, com a mente atenta e fixa apenas na luz daquele alvo fugidio da contemplação. Tardou em procurar de volta os companheiros.

Por muito e muito tempo, só se falou, nas rodas de São João, daquela fuga estapafúrdia e conforme à natureza — pássaros são para voar! —, o caso jamais ouvido da perdiz que regressara ao próprio ar.

Naquela mesma noite da espantosa caçada, com o olhar cabisbaixo mas ainda iluminado por um brilho insólito, Ugolino passou a Beretta ao neto e nunca mais voltou a caçar. Continuou, porém, a contar histórias como esta que acabo de contar.

Coordenação editorial: Augusto Massi
Ilustrações: Sergio Fingermann
Capa e projeto gráfico: Raul Loureiro
Foto da capa: Anna Araújo Arrigucci
Revisão: Samuel Titan Jr.

Catalogação na Fonte do Departamento Nacional do Livro
[Fundação Biblioteca Nacional]

ARRIGUCCI JR., DAVI [1943]
Davi Arrigucci Jr.: UGOLINO E A PERDIZ
80 p., 11 ilust.
São Paulo: Cosac & Naify, 2003

ISBN 85-7503-233-X CDD 869.3B

1. Literatura brasileira 2. Narrativa brasileira
3. Davi Arrigucci Jr.

Cosac & Naify
Rua General Jardim, 770 – 2º andar
01223-010 – São Paulo – SP
Tel.: [55 11] 3218-1444
Fax: [55 11] 3257-8164
info@cosacnaify.com.br
www.cosacnaify.com.br

Atendimento ao professor: [55 11] 3218-1466